UNDER(BAR(N)A) LIV

FÖRFATTARE OCH POET
JONNY "CASH" KARLSSON

© 2013 Jonny Karlsson
Förlag och tryck: BoD
ISBN: 978-91-7463-928-5

Under(bar(n)a) liv

Poesi och kåserier om den perfekta familjefadern som gömmer sig bakom den alldagliga Svensson fasaden. Livet är inte alltid en dans på rosor, vilket man kan tro om man ska följa alla statusuppdateringar på social media, men vart har verkligheten tagit vägen. Människan som faktiskt gör misstag på riktigt, han som kanske säger vad han tycker. Jag som är författare och poet till den här boken, är både familjefar och nykter alkoholist. Tidigare böcker som jag har gett ut är barnböcker om missbruk, ganska tungt ämne. Kan man inte få skoja till det ibland, livet behöver inte alltid vara så allvarligt och tråkigt. saker som man kanske har tyckt att dem har varit pinsamma eller irriterande, kan faktiskt bli roliga om man tänker tillbaka på dem i efterhand. Lätta upp stämningen och tänk tillbaka på det som har varit roligt och skojigt, det kommer mer under livets gång kan jag lova.

Peace and love

Jonny Karlsson

Eld och is

Isbiten som jag håller i min hand
Sakta smälter den mot din hud
Droppar av vatten som sakta rinner
Lämnar våta strimmor efter sig
Din hud blir alldeles knottrig
Din bröstvårta blir styv
Du andas allt häftigare
När min varma tunga möter din kalla hud
Sakta drar jag isbiten över din kropp
Från nacken, ned över din rygg
Låter den leka på dina skinkor
Ner mellan dina lår
Du gnyr till, du vill känna min varma tunga
Du vill att mina läppar möter dina
Snart så exploderar du
När värmen möter kylan
Och is blir till vatten
Fuktigt och våt

När kärleken är ny..

Tunna lakan över nakna kroppar
Två älskande
Nykära och lever i lust
Omslingrande om varandra
Händer som smeker
Fötter som dinglar
Läppar möter läppar
Tunga mot tunga
Och han tränger in
Du njuter
Han presterar, vill göra sitt bästa
Snart är allt det slut
Snart ska tiden planeras
Älska efter tv
Man måste koppla av först
Läppar möter läppar
En snabb liten puss
Du under, han ovanpå
Några juck
Så då var det klart
God natt och sov gott

Nygammalt

När barnen somnat
När solen har gått ned
Då blir det rajtan tajtan
I mammas och Pappas säng
En gång i veckan
Om båda är hemma
Då ska man älska
Älska för att hålla kärleken vid liv
Då kysser man och kramas
Man sätter på frun
Man kramas lite till
Och man blir kär på nytt

Veckohandla

Två paket med blöjor
Helst ska det vara up and go
En jävla massa liter mjölk
För det är sådant som går åt
Bröd och pålägg
Fiskpinnar och ris
En flaska schampo
Men hur är det med balsam
En flaska med light läsk
En blaska till Morsan
En blaska till Farsan
Ett sex pack med folköl
Och ett paket kondomer
För nu får det fan räcka
Nu blir det inte fler

Pengar som tickar, svett som rinner

Framme vid kassan blir det gnäll
Jag är redo att betala
Men barnen tycker inte jag är snäll
Dem vill ha en påse godis
Helst också en glass
Men pappa bara en serietidning
Men om jag får välja
serietidning eller karamell
Eller förresten pappa jag ångrade mig
Jag tar den här dvd filmen
Den som kostar hundra procent mer
Vet inte vad jag svarar på
Säger bara ja, ja, ja
Bara ni kommer så att jag kan betala
Så att vi kommer härifrån
Ena ungen kommer med både dvd och karamell
Den andre ligger kvar på golvet och skriker
Han kan inte välja, och vill inte gå hem

100 % Kärlek

Sitter och myser med barnet i mitt knä
Frågar hur mycket älskar du mamma
Barnet håller upp fem fingrar
och jag ler
Jag frågar hur mycket barnet älskar syskonen
Och jag får fem fingrar igen
Underbart med barn som har så mycket kärlek
Tänker jag för mig själv
Stolt så ställer jag den viktigaste frågan av alla
Hur mycket älskar du pappa då
Men får bara ett finger
Älskar du inte pappa mer än så säger jag
Då svarar barnet
Att nej pappa det betyder "fuck you"
Tänk vad kärlek kan göra ont

Morgonstånd har guld i mun

Stoj och stim
Mjölk och oboy
Rostade mackor
Kladd och klet överallt
Ställer datan åt sidan
Rädda det som räddas kan
Frukost med barnen
En vanlig helg
Mamma, mamma
Titta på pappas data
Det är sådana som du har
Snabbt är mamma framme
Smäller ned locket på min laptop
Om blickar kunde döda
Så hade jag varit nedgrävd nu
Internet är bra, men inte till allt
Bättre att spara på sina fantasier
Gömma undan dem någonstans

God natt

Sitter och nattar barnen
Sjunger sov du lilla vide ung
Men i mina tankar är texten annorlunda
Sov du lilla skite ung
Snart så är det fan midnatt
Pappa måste sova
Men mamma behöver det mest
Annars blir det ett helvete
Värre än när man har löss
Vaknar till av att jag har ett finger i näsan
Och en hand i min mun
Fnittrande barn
Reser mig upp och tänker
Sov nu för fan
Men jag säger lugnt
God natt och sov gott mina barn
Släcker lampan och går ut
Snart är hela familjen samlade
I en skranglig dubbelsäng
Låtsas som om jag varken ser eller hör
Vad fan ska man göra när man behöver sömn

Bara vara, bara finnas

Svärmor är en älskvärd dam
Speciellt när hon är här och tar hand om sina barnbarn
Man kan luta sig tillbaka, bara finnas, bara vara
Ropar barnen på pappa
Så säger jag bara att mormor är här
Sitter i solen och mumsar grädde och bär
Blåser på kaffet och tankarna kommer
Tänk om jag inte hade barnen, då hade jag inte suttit här
Drömmer mig bort en kort stund
Blundar och drömmer om min karriär
Den karriären som försvann med barnen
Men vad fan man ger väl allt för att få en familj
Tänker jag efter så är jag rätt nöjd ändå
Livet är fint som det är

Sams på gården

Barnen på gården slåss
Dem spottar och svär
Den ena är värre än den andra
Fulare ord har man nog aldrig hört
Din pappa är bög
Din mamma är en hora
Tänk om dem visste vad orden betydde
För vore jag bög och min fru en hora
Så är det nog inte jag som är far
Ännu värre blir det när pappan till dem andra kommer ut
Håll reda på dina egna barn säger jag lugnt
Och han skriker att han ska knulla mig
Att jag ska få smaka kuk
Kanske visste barnet innebörden ändå
Fan vissa förhållanden är svåra att först
Välkommen till det mångkulturella landet
Här kan man knyta ihop alla sorters band

Romantik och tända ljus

Köpte en röd ros
Ett billigt mousserande vin
En låda jordgubbar
Kanske kunde det bli romantik ikväll
Dukar upp på bordet framför tv:n
Tänder lite romantiska ljus
Häller upp det brusande vinet
På glas av renaste kristall
Det klingar härligt när vi skålar
Vi skålar för vår välfärd
För ett långt och lyckligt liv
Jag kryper närmare
Och ger henne en kyss på kinden
Plockar upp en jordgubbe
Sätter den till hennes mun
Plötsligt slår hon bort min hand
Vad fan håller du på med
Jag kan väl för helvete äta själv
Den romantiska drömmen
Den fick ett plötsligt slut

Kärleken till livet i fångenskap

Kärlek är den stunden på dagen då man möts i dörren
En puss och en hej då kram
Lite närhet, visar att man bryr sig om
Att kärleken finns kvar där bakom någonstans
Bakom fasaden som måste jobba
Få ihop pengar till hyran
Se till att det finns mat på bordet till barnen
Kanske om man har tur köpa en leksak eller två
Kärlek är när barnen möter en i dörren
Hoppar upp i famnen och är glada
När helgen kommer, då är man slut
Fasaden rasar, man vill ge allt men man orkar ingenting
Barnen blir griniga, vill att man ska följa med ut
Men pappa måste ta det lugnt han är helt slut

Plåster läker inte alla sår

Aj, aj, aj
Cykel utan stödhjul
Skrapade knän
Blod som rinner
Tårar som faller
Plåster efter plåster
Jag tejpar ihop mitt barn
Blåser och pussar
Säger att snart är det bra
Det värker i mitt hjärta
När barnen gråter
Men vem ska plåstra om det
Vem blåser och pussar på mig
När jag både gråter och blöder inombords

Strandpromenaden

Sommar, värme och sol
En promenad vid havet
Med barnvagn och parasoll
Stranden är full av tjejer
Små bikini och topless
Kan inte rå för
Kan inte sluta glo
Får ett nyp i armen
Vad fan glor du på
Låtsas att jag är förvånad
Sätter handen mot min hals
Måste ha fått nackspärr
Det gör förbannat jävla ont
Lögnen var vit som sanden
Lika oskyldig som de halvnakna tjejerna på stranden.

I nöd och lust

Kyrkan är fullsatt för en gångs skull
Människor som kommer på vår vigsel
Men det är nog mest för festens skull
Gratis mat och gratis dricka
Ingen hör vad prästen säger
Barn som skriker, folk som snyftar
Det enda jag tänker på är att jag ska säga ja
Men jag vet inte när, var eller hur
För genomgången i kyrkan den kommer jag inte ihåg
Plötsligt får jag en ångest attack
Vet inte om jag ska skratta eller gråta
Om jag är ledsen eller om jag är glad
Vet jag vad äktenskapet betyder
Kan jag binda mina ord till det
Kalla fötter och svettig panna
Läpparna som rycker
Som inte vet om dem ska skratta eller gråta
Är livet slut efter detta
När det äntligen var över blev jag besviken
Ingenting hade hänt, allt var som förut igen

Förlossningen

Förlossningsklinikens vita väggar
Hör hur blivande mammor skriker i högan sky
Försöker lugna min älskade med väl valda ord
Det är säkert så bara för andra, men inte för dig
Du är starkare och du kan säkert din grej
En sköterska kommer med en stor flaska vatten
Och jag säger att det är nog bara dricka till dig
Men så frågar hon om du vill ha det i sängen
Eller om toaletten är bättre för dig
Det största lavemang jag någonsin hade sett
Allt det sexiga och vackra med din graviditet
Det gick nu i stupet för mig
Det där med kiss och bajs, var inte min grej
Allting gick så fort, plötsligt stod jag där bredvid
Du skrek att du ville hem
Vad fan skulle jag göra, kunde inte hjälpa dig
Kände mig så hjälplös när jag stod med din hand i min
När jag ville tala om hur mycket jag älskade dig
Men jag var stum kunde inte få fram ett ord
Detta var det största som någonsin hade hänt mig
Ändå stod jag bara bredvid och tittade på

Fredagsmys

Koppla av
Ligga i soffan
Fredagsmys
Chips, läsk
Dålig tv
Byter kanal
Lika dåligt
Barn som hoppar
Välter glas
Smular sönder chips
Drar i håret
River revor i varandra
Skriker
Gråter
Slänger saker
Skriker lite till
Och somnar
Fötter som klibbar
Smulor som kliar
Dammsuger
Torkar golvet
Lägga sig i sängen
Tur det bara är fredag en dag i veckan

Barnförbjudet

Barnfri kväll
En god middag
Tänder lite ljus
Planerar en riktigt porrig natt
Mycket förspel
Högljudd sex
Verkligheten
Vi slänger i oss en pizza
Trycker i oss lite smågodis
Spyr nästan
Duschar tillsammans
Vända från varandra
Lägger oss i sängen
Pussar lite
Klämmer lite på brösten
Knullar några minuter
Säger att det var skönt
Vänder sig från varandra och somnar

Vill bli som du pappa

Pappa du är tjock
Nej jag är vuxen
Jag vill bli vuxen som du pappa
Nej det ska du inte
Ska inte jag bli vuxen någon gång
Jo men du ska inte bli tjock
Pappa du är ju tjock
Nej jag är stor
Ja men då ska jag också bli stor
Nej du ska bli vuxen

Bödelsekalaset

Vi gratulerar, vi gratulerar
Att dina föräldrar blir nervvrak idag
Att hemmet slås i spillror
Piss på toalett golvet
Snorkråkor på väggarna
Handavtryck på den vita tapeten
Tårta i taket
Trasiga leksaker
Oj då, en vas i golvet
Och där åkte ett års fotografiet i golvet
Barnen som skulle leka på rummet
Hoppar i soffan
Leker kurragömma i garderoben
Och detta var bara barnkalaset
Hur blir tonårskalaset då
Livet slås i spillror
Pissprov vid ingången
Spyor på väggarna
Brännmärken i golvmattan
Använda kondomer hänger från taket
Trasiga kläder
Oj nu blev det slagsmål
Och där deckade en till
Barnen som skulle vara nyktra är packade
Folk knullar i garderoben
Vad fan har jag gett mig in på

Beroende av vad?

Alkohol när man dejtar
Alkohol när man gifter sig
Vi skålar vid dopet
Dem vuxna får alkohol på kalaset
Ungarna får fyrverkerier
Dem vuxna får alkohol
Nyår, påsk och vid majbålen
Alkohol när man är förkyld
Alkohol för att lugna nerverna
Ett glas vin för att förhöja stämningen
Men om man är nykter alkoholist
Vad fan ska man då dränka sorgerna i
Ska man lugna nerverna med ett glas cola
Skålar i hallonsoda
Dricka saft på majbålen
Lika bra att dränka sig själv
Innan man blir sockerberoende

Avels hane 1977

Fy fan för att bli gammal
Inte nog för att man blir skrynklig
Gråhårig och tappar tänderna
Får försämrat minne
Och får ligga mindre
Man blir farbror, morbror
Morfar och farfar
Och samtidigt ska man hålla reda på allt annat
Som vem man har legat med
När använde man skydd
Och vem är man pappa till
Borde finnas stamtavla på människor också
Typ avelshane född 1977
Parad med: NN
Avkommor: NN
Ej fullständiga betyg
Icke godkänd kroppshållning
Något fet i hullet

På gården där jag bor

Att hyra lägenhet i ett bostadsområde
Ja det är nog att likna vid ett kommunistiskt samhälle
Man blir övervakad dygnet runt
Det spelar ingen roll om du stänger fönster
Drar ned persienner eller sätter upp rullgardiner
Dina grannar har full koll ändå
Äldre paret i hörnet som kontrollerar ditt husdjur
Vilka tider du släpper ut din katt
Vilka vägar den går, vart den kissar
Eller småbarnsfamiljen i längan som tror att dem äger gården
Evakuerat lekplatsen och satt ut egna poliser
Lyder du inte så blir du straffad
Den mysiga tanten med hunden
Hon som hugger dig i ryggen när du vänder om
Socialfallet som är rädda för socialen
Men har någon konstig fetisch och ringer anonymt en gång i
veckan
På nätterna patrullerar folk, kollar in grannar, lyssnar extra
noga
Kanske kan man hitta något att klaga på
Hur fan skulle livet se ut utan grannar, då hade dem inte haft
ett liv
Själv känner jag mig som en förföljd flykting i mitt eget
bostadsområde

Nu är det jul igen..

Hoo Hoo Hoo
Den tjocka tomten är tillbaka
Lika rädda är mina barn som jag var
Tänk er dagens syn på tomten
Var hittar man tomtens look a like idag
Jo på gatorna i storstäderna
Han ser ut som en alkoholiserad uteliggare
Tjock, skäggig och luktar alkohol
Den enda skillnaden är att han har hela kläder
Men han har en konstig röd dräkt
Man kan nästan förväxla honom med en transvestit
En alkoholiserad uteliggare som är transvestit
Dessutom ska han älska barn
Och helst locka dem med presenter
Det värsta av allt är att vi vuxna har en förvriden syn
Vi tror att barnen älskar tomten
Det är för fan inte tomten dem älskar
Det är presenterna som lockar
Dem har ju för fan väntat ett helt år på att få dem

Semestern..

Varmt, ingen luft
Kalsongerna som korvar sig
Svetten som gör att du ser nyduschad ut
Barnen skriker
Vi vill ha dricka
Jag är kissnödig
Vill ha glass
Alla på tåget som vänder sig om
Stirrar tillbaka
Vill, men vågar inte
Skrika och fråga vad fan dem glor på
Skavsår på låren som svider
Torr i munnen
Röksugen, måste ha nikotin
Men jag är fången
Fast på tåget med barnen
På väg på en veckas semester
En helvetes vecka
Varför jobbade jag inte istället

Kvinnligt utbud..

Har ni graviditets test?
Kassörskan tittar länge på mig
Granskar mig från topp till tå
Menar du sticka man kollar graviditet?
Det var precis det jag frågade efter
Ska det vara så konstigt för en man att köpa det
Vad tror dem, tror dem att jag skulle hem och pissa på stickan
Att jag ska finna orsaken till min fetma?
Det är väl inte värre än att köpa tamponger till sin fru
Eller tror kanske kassörskan att jag ska stoppa dem i stjärten
Förresten ska väl folk skita i vad jag köper eller vad jag gör
Jag har väl lika stor rätt till det kvinnliga utbudet
Som kvinnorna har till männens
Ingen ifrågasätter väl en kvinna om hon köper rakhyvlar
Alla förstår väl redan att hon ska hem och raka muttan
Det är väl inte konstigare än så?

Livet är en fest..

Samma visa varje gång
På fest, alkoholen åker fram
Alla har stora höga fina kristallglas på fot
Framför står nubbeglaset
Min plats är inte svår att hitta
Det är bara att titta var saftglaset står
Eller dem överblivna plastmuggarna från barnkalaset
Helst då med Mimmi eller prinsessor på
Alla andra höjer nubbe glaset och skålar
Där i hörnet sitter jag och höjer min rosa mugg
Men ingen ser mig, ingen hör mig
Skålar med mig själv för att jag är nykter idag också
När middagen är färdig, ja då blir det kaffe
Men det ska vara en whiskey till
Fan dem hade glömt bort mig igen
Desperat rotar dem i barnens godisskåp
Krampaktigt håller dem sina glas
Kanske han dricker ur det annars, han alkoholisten
Har dem tur hittar dem en klubba eller något åt mig
Annars nöjer jag mig faktiskt med kaffet

God morgon

Det är så underbart att vakna med morgonstånd
Har precis haft en sexdröm om en ö med bara nymfoman
kvinnor
Där hade man inte sex en och en, utan tre på en
Och emellan akterna blev jag matad med druvor och
kokosmjölk
Visst var det ett slitgöra att tillfredsställa alla dessa kvinnor
Men så vaknar man till, ser kärringen ligga med öppen mun
Pattarna som väller ut under täcket
Ungarna som ligger huller om buller i sängen
Jag blundar, vill fly tillbaka till min dröm igen
Men jag blundar förgäves, jag lyckas inte hitta tillbaka
Det enda som kommer upp i huvudet är middags menyn
Vad ska jag plocka fram ur frysen idag?
Har vi något som går fort att tina upp, jag försöker memorera
Första facket fyra paket köttfärs
Andra facket kotletter med ben, eller kycklinglår
Nej lika bra att stiga upp istället, dricka kaffe i lugn och ro

Hemma i vår soffa..

En helt vanlig hemmakväll efter jobbet
Ungarna är ute och leker
I hörnsoffan sitter jag och frugan
Först hon i ett hörn
Sen är det sex sitsar emellan
Där i nästa hörn sitter jag
Tv är igång på fullt ös
Jag samtalar, om kärlek
Om jobbet, och om vår semester
Bedyrar min kärlek till min familj
Talar om hur mycket jag älskar dem
Men det är tyst, får inget svar
Är du döv, frågar jag
Förlåt, men jag var så inne i Facebook
Får man till svar
Där sitter hon med sin Iphone som fastväxt i handen
Är så inne i cyber världen att hon inte hör mig
Sen får man höra att man är senil
Dement bara för att man säger att man har sagt något
Som hon påstår att man inte har sagt
Hade jag lagt ut det som status på Facebook så hade hon
vetat.

Delar allt med mina grannar...

Nyduschad och stressad
Springer runt naken i lägenheten
Hämtar lite kaffe
Rättar till pungen som hänger och slänger
Vänder huvudet åt sidan
Tittar ut genom fönstret, för att se vad det är för väder
Och där står grannen och tittar på mig
Vad fan gör man
Släpper man kaffepannan och kaffemuggen i golvet
Rusar ut från köket och skriker
Nej, jag fortsätter hälla upp mitt kaffe
Låtsas som om ingenting hade hänt
Går fram till fönstret, vinkar på grannen
Säger glatt god morgon, och sätter mig vid köksbordet
Man är ingen god granne om man inte delar med sig av
vardagen

Tv avgift..

Knackar på dörren
- Hej vi är från radiotjänst
Shit vad fan gör man, ungarna tittar på tv
Disney Channel och Händige Manny på full volym
Händige Manny är ett barnprogram som lär barn engelska
Och i bakgrunden hör man klart och tydligt
"Manny hämta skruvmejseln, ja jag hämtar screwdriver"
Min första tanke var att spela efter bliven
Jag stoppade ett finger i näsan och började gräva snorkråkor
En efter en stoppade jag dem i munnen
Blängde på tjänstemannen som såg förfärad ut
- Hej vi kontrollerar om du har tv mottagare utan att betala
Jag lät saliven rinna ut från mungiporna och pratade i
slowmotion
-Nej jag har Comhem
-Ja men då har du en tv mottagare
-Ja jag har Comhem
Sa jag och spelade dum, som om jag inte förstod vad han
menade
-Har du mottagare så ska du betala
-Jag betalar Comhem
Skrek jag så salivbubblorna flög ur munnen på mig
Han backade och skakade på huvudet och vände om
Trodde att jag hade vunnit striden mot dem och gick nöjd in
igen
En vecka efter dyker en räkning från radiotjänst ned i
brevlådan
Där står att jag har tv mottagare och måste betala avgift
Segeryran varade inte så länge trots allt

Minoriteter..

Man får inte säga:
svartskalle, neger, judesvin, svennefitta
Det är hets mot folkgrupp
Men hur i helvete kan dem tillåta ordet:
Sverigedemokrat
Det är ju en ut mobbad minoritet
Är det inte för jävligt med det ordet
Tänk att gå på stan, och så vänder någon sig om och pekar
-Titta där är en sverigedemokrat
Skulle man inte känna sig jävligt liten då
Dessutom är det risk för att man får stryk av ovanstående
minoriteter.

Min födelseort...

Om jag saknar min gamla hemstad?
Låt mig få tänka efter..
Mobbad i skolan, kärlekslös uppväxt
Knullat i stadsparken, knullat i skogen
Ja även på jobbet
Brottats med poliser, varit efterlyst
Suttit i både gamla och nya fyllehäktet
Överdos av tabletter
Legat på intensivvårds avdelning
Misshandlad, rånad, hjärtstillestånd
Avgiftning, hemlös, behandlingshem
Skilsmässa, begravningar
Stöld och snatteri
Nej det var nog dags att vidga sina vyer
Hitta en ny plats där man var oskuld

Utökade språkkunskaper..

Inte lätt att prata rikssvenska i Skåne
Eller att lyssna på skånskan
Det är ju för fan två helt skilda språk
Inte lätt som Göteborgskan
Där lägger man bara till "vettu" efter varje mening
Örebro och Norrköping
Där behöver du bara gråta samtidigt som du pratar
Värmland, där pratar du bebisspråk
Gotländskan där man lägger till ett e
Norrländskan är lättast av alla
Där ger man bara ifrån sig ett ljud, nickar eller skakar på huvudet.
Min fru är skånska, och det var fan inte lätt i början
Redan första dagen som vi träffades så kom första chocken
-Fan vad kallt det är, jag fryser om ballarna
Fy fan vad rädd jag var innan jag fick klart för mig att det var arslet.
Eller när vi storhandlade första gången
Jag kunde inte skilja ut orden korg och korv
Och när hon sa att vi skulle ha bullar till frukost
Jag blev överlycklig, sprang och hämtade en påse kanelsnäckor
Men då var det inte rätt det heller, hon skulle ha frallor
Men säg då frallor för helvete!
Är man ett sär så är man efterbliven
Så jag undrar vad fan dem menar med särbo här nere
Jag får nog gå en SFI kurs om jag ska leva här nere
SFI = Skånska för inflyttade

Jobbigt efter jobbet....

Kommer trött till dagis efter jobbet
Går snabbt förbi alla ungar som ska ställa dumma frågor
Letar efter mina egna, som finns där ute någonstans
En klunga av andra barn går bakom mig som en stor mobb
Alla pekar ut var mina barn finns, var dem har gömt sig
Den första är det inga problem med, hoppar snabbt upp i min
famn
Värre med nummer två, som snabbt kryper in under
klätterställningen
Skriker och sparkar
Vill inte gå hem pappa, du är ful, stick!
Hela vägen hem får man höra gnället om hur ful man är
Vad dum pappa som inte låter sitt barn stanna kvar och leka
Hur jobbigt det är att gå dem två hundra meterna hem
Väl hemma ställer man sig vid spisen som en zombie, lagar
kvällsmaten
Dukar fram och gör det fint
Ropar på barnen, säger att maten är klar
Men ingen kommer, ingen vill äta pappas äckliga mat
Inte förrän man påminner om att det är deras födelsedag
snart

Låter det bero...

Det smäller till
Något går i kras
Man rusar dit
Glas splitter överallt
Två små oskyldiga barn
Pekar på varandra
Det var inte jag
Inte jag heller
Vem fan var det då
Det var trollet i skogen
Häxan under sängen
Eller spöket
Orkar inte
Dammsuger av
Låter saken vara
Men skriker inombords

Kortfattat om mitt liv..

Frysen är full av is
Kylen är som ekande kyrkolokal
Lönen kommer
Lönen går
Man jobbar
Knullar
Sover
Äter
Skiter
Snart går man i pension
Om man hinner innan man dör
Det är ju ungefär bara trettio år kvar

Tvättråd..

Samma visa varje dag
Gapar på kärringen
Vad fan torktumlar hon mina kläder för
Hon krymper först tröjorna
En efter en blir dem för små
Jeansen måste jag ligga ned för att få på
Jag tvättar mina egna kläder
Bara för att visa att hon gör fel
Men ta mig fan
Kläderna blev även nu för små
Antingen är det kvaliteten
Eller så är det vikten jag måste ändra på
Men vem vill se felen på sig själv
Bättre att skylla på kvaliteten
Kläderna var bättre förr

100 masker

Jag dyrkar solen, som jag dyrkar kvinnan
Ger liv åt så många fler
Ömt med sin värme, får hon livet att växa
Ger ljus och finns alltid där
En sådan skönhet, att ordet beundra känns så lätt
Så underbart vacker, vacker som livet självt
När jag tar av mig den manliga masken
Ja då finns faktiskt kärleken där

Hård och tuff

Jag är hård och kall
Tatueringar över hela kroppen visar att jag tål smärta
Ärren i ansiktet och min knäckta näsa
Alla dem fula orden som visar att jag inte känner
En krigare in till ben och märg
Men så faller tårarna
Plötsligt står jag där utblottad och naken
Den pojken som en gång gick vilse och försvann

Små, små diamanter

Små tårar
Små små droppar av salt
Dem torkar på din kind
Kristaller som är klara
En bit av berget i ditt bröst har lossnat
Oslipade diamanter
Som kommer i flytande form
Plötsligt så känns allt så lätt
Tyngden du bar
Den är puts väck

Till slut hände det

Står vid bergets brant
Jag vill inte
Men jag sugs ut
Folkmassan nedanför
Dem lockar mig att hoppa
Bli en svensson som alla andra
Vågar inte, vill inte
Men min själ föll för grupptrycket
Nu är jag fast
I ett samhälle där människor bär bojor
Där datorer styr dina tankar
Och storebror pekar med fingret
Dit ska du gå
Ställ dig i ledet till krematoriet
Välj din kista
Drömmar som bara var drömmar
Livet som du levde som alla andra

Hämnden när den värmer

Sveket
Det som sved så underbart
Hämnden som kändes så ljuv
Det var igår
Idag är bara en trist dag
En dag som alla andra

Tills döden för oss nära

Älskar att känna dig nära
Veta att jag inte är ensam
Älskar att hålla din hand i min
Veta att vi går vägen tillsammans
Vi ser på varandra och vi ler
När vägen tar slut
Vi svänger av åt varsitt håll
Men vi vet att snart ses vi igen
Och då tar jag din hand i min
Då lever vi i evighet
Du och jag nära varandra

Minnen från barndomen

Dem står på rad
Blickar som granskar
Blickar som gör ont
Ur munnen kommer ord
Ord hårda som slag
Jag lägger mig
Blottar mitt bröst
Jag ber dem att hugga
Sticka kniven i mitt bröst
Att skona mig från såren
Dem sår som blöder
Såren som inte läker
Så länge alla bara tittar på

Jag är beroende inte beroendet

Berusad av mig själv
När jag inte är mig själv
Min hand som är någon annans
När den lyfter flaskan
Låter alkoholen rinna ned i min hals
Det var jag
Men ändå var det någon annan
Jag är inte beroendet, ingen gud
Jag är bara beroende

Kommer du ihåg...

I det fuktiga gräset
Där ligger du och jag
Vi två på en mjuk filt
Där finns bara du och jag
Gräset kittlar mot vår hud
Vi två är förälskade
Bara du och jag mot världen
Din kropp som ligger tätt mot min
Min hud som sakta smeker din
Våra läppar möts med tunga andetag
Det pirrar skönt i magen
Men gräset kittlar under oss
Du och jag, vi två för alltid
Det var väl så vi sa

Du fick mig att känna

Trasig, men helad av kärleken
Förälskad med blinda ögon
En ögonbindel av sammet
Läppar av bomull
En tunga som bränner mot den tunna huden
Hårt mot mjukt, tränger in
Ljusets låga som fladdrar av våra andetag
Tunga, högljudda andetag
Droppar av svett, som droppar som ett kärleks regn
Fuktiga faller vi ihop
Ligger länge kvar i varandras armar

Det var dig jag trånade efter, det var dig jag fick

Slut dina ögon så kysser jag dig
Kom närmare så ska jag ta dig i min famn
Stanna bara upp en stund
Låt mig få visa min kärlek till dig
Så ska jag visa vad älska är
Snälla, slut dina ögon, blunda en sekund
Låt mina läppar möta dina
Trycka mitt bröst mot ditt
Känna våra hjärtan slå tillsammans
Visa vad jag kan innan du går
För jag kommer stå ensam kvar här
Kommer att vänta på att du kommer tillbaka
Dagdrömmer om oss tillsammans
Om din hand i min och vi går tillsammans
När natten kommer, drömmer jag våta drömmar
Där våra nakna kroppar ligger tätt ihop

Är jag sjuk, eller kallas det kärlek?

Kärleken är både blind och döv
Mitt hjärta är skadat
Och min hjärna är förlamad
Min mage är i uppror
Och mitt sinne är borta
Skalet till kropp har jag lånat ut
Och själen har jag sålt
Älskar du mig inte tillbaka
Nej då är fan livet slut
Då ser jag ingen mening med att leva
Inte konstigt att man blir sjuk
Att man blir hypokondriker av kärlek
Rädd för att älska, för att dö

Kom så leker vi

Lek kärlekens lek
Känn hur ditt hjärta slår för en sekund
Hur ditt sinne förvrids
Och du är ett barn på nytt
Lek kärlekens lek
Lyft upp den glödande kolen
Bränn dig, och du vet vad smärta är
Känn hur det bränner, som om ditt hjärta brann
Lek kärlekens lek
Häll vatten på och låt glöden slockna
Känn kylan som sakta pockar sig på
Ensam kvar i mörkret, frusen och sårad

Vem vinner

Ska vi leka en lek som heter kärlek
Ser du nyckeln av ädlaste guld
Den lilla nyckeln i min hand
Vill du ha den..
Det är nyckeln till mitt hjärta
Med den har du tillgång till min själ
En sargad själ insprängd i betong
Ska vi leka...
Vill du bli kär i leken kärleken
Vill du åt min själ, vill du spränga betongen
Låsa upp mitt lilla lås
Ta mig då..
Den är inte lätt att komma åt
Det är ingen gåva, men ej heller en trofé
Det är något du måste vinna för att få

Alla är vackra på sitt sätt

Kärlekens spegel
Visar vem du är
Posar lite grann
Rättar till håret
Drar i tröjan lite grann
Smal framifrån
Sidledes är jag tjock
Vinkar åt mig själv
Ler lite grann
Kärlekens spegel
Visar mitt verkliga jag
Älska sig själv som man är

Du och jag för all framtid

Dör du, då dör jag
Slutar du andas
Då slutar mitt hjärta slå
Stannar ditt hjärta
Då ska jag slå och slå
Tills det slår igen
För du kan inte lämna mig
Det skulle jag aldrig klara av
Ensamheten skulle äta upp mig inifrån
Kan inte livet avslutas som i en saga
Vi faller ihop tillsammans
Håller varandras händer
Och vi blundar
Vi går av tiden samtidigt
I varandras famn ska vi ligga
Vi två, du och jag